Frau Luna

Ottilie Wildermuth

Impressum

Autor: Ottilie Wildermuth
Umschlagkonzept: toepferschumann, Berlin

Verlag: tradition GmbH, Hamburg
ISBN: 978-3-8424-7105-4
Printed in Germany

Tucholsky Wagner Zola Scott Sydow Freud Schlegel
Turgenev Wallace Fonatne

Twain Walther von der Vogelweide Fouqué Friedrich II. von Preußen
Weber Freiligrath Frey

Fechner Fichte Weiße Rose von Fallersleben Kant Ernst Richthofen Frommel

Fehrs Engels Fielding Hölderlin Tacitus Dumas
Faber Flaubert Eichendorff

Feuerbach Maximilian I. von Habsburg Fock Eliasberg Zweig Ebner Eschenbach
Ewald Eliot

Goethe Elisabeth von Österreich London Vergil

Mendelssohn Balzac Shakespeare Dostojewski Ganghofer
Lichtenberg Rathenau Doyle Gjellerup
Trackl Stevenson Hambruch
Mommsen Tolstoi Lenz Droste-Hülshoff
Thoma Hanrieder

Dach Verne von Arnim Hägele Hauff Humboldt
Reuter Rousseau Hagen Hauptmann
Karrillon Garschin Gautier
Damaschke Defoe Hebbel Baudelaire
Descartes

Wolfram von Eschenbach Schopenhauer Hegel Kussmaul Herder
Darwin Dickens Rilke George
Bronner Melville Grimm Jerome
Campe Horváth Aristoteles Bebel Proust

Bismarck Vigny Barlach Voltaire Federer Herodot
Gengenbach Heine

Storm Casanova Tersteegen Gilm Grillparzer Georgy
Chamberlain Lessing Langbein Gryphius
Brentano Lafontaine
Strachwitz Claudius Schiller Kralik Ifland Sokrates
Katharina II. von Rußland Bellamy Schilling
Gerstäcker Raabe Gibbon Tschechow

Löns Hesse Hoffmann Gogol Wilde Vulpius
Luther Heym Hofmannsthal Gleim
Roth Klee Hölty Morgenstern Goedicke
Heyse Klopstock
Luxemburg Puschkin Homer Kleist
La Roche Horaz Mörike Musil
Machiavelli
Navarra Aurel Musset Kierkegaard Kraft Kraus
Nestroy Marie de France Lamprecht Kind Kirchhoff Hugo Moltke

Nietzsche Nansen Laotse Ipsen Liebknecht
Marx Ringelnatz
von Ossietzky Lassalle Gorki Klett Leibniz
May Irving
vom Stein Lawrence
Petalozzi
Platon Knigge
Sachs Pückler Michelangelo Kock Kafka
Poe Liebermann Korolenko
de Sade Praetorius Mistral Zetkin

Text der Originalausgabe

Ottilie Wildermuth

Frau Luna

Weit, weit von hier, im fernen Norden, stand ein einsam Schloß auf steiler Höhe dicht am Meer, das an dieser Stelle sich am Felsen bricht und gar wild und gewaltig tobt. Das Schloß sah öde und zerfallen aus, so daß man kaum glaubte, daß noch Menschen darin hausen. Eulen und Fledermäuse nisteten in den alten Türmen, der Brunnen in dem Hof war halb verschüttet, und hohes Gras wuchs auf den Zinnen.

Die Vorderseite des Schlosses ging aufs brausende Meer, die Rückseite stieß an schwarze Fichtenwälder; zur Seite aber bildete das Meer eine Bucht, wo das Wasser ruhiger war, und an den Fenstern, die auf diesen stillen Wasserspiegel gingen, stand gar oft ein blondlockiges Kind, das wie vom Himmel herabgefallen schien in diese schauerliche Öde. Das war die kleine Gerda, die hier lebte in der allertiefsten Einsamkeit.

Wohl wohnte ihr Vater mit einigen Dienern in dem Schloß, wohl war die Jutte, die alte Magd, die für die Speisen sorgte und für des Kindes Kleidung; aber der Vater und die Knechte zogen oft ganze Tage und Nächte hinaus auf die Jagd, wie Jutte sagte, und wenn sie nach Haus kamen, so schmausten und tranken sie in dem alten Saal und sangen wilde Lieder, so daß Gerda sich vor ihnen fürchtete und oft wochenlang den Vater nicht sah. Jutte aber hatte fortwährend im Hause zu tun, und wenn sie auch mit ihrer Kunkel sich ins Zimmer setzte, blieb sie doch immer finster und schweigsam.

So war und blieb denn Gerda allein, so einsam, wie wohl nie ein Kind. Stundenlang saß sie auf dem breiten Steinsims ihres Bogenfensters und horchte dem Gesang der Wellen, die sich am Felsen brachen, oder dem Rauschen des Windes in den hohen Bäumen. Auch blickte sie hinaus auf das unermeßliche Meer und sah die Möwen fliegen, so weit ihr Auge reichte; sie konnte sich's nicht anders denken, als da sei endlos fort und fort lauter Meer, wie weit man auch sehen und fahren könne.

Früher einmal, in einer stürmischen Nacht, wo das Sausen des Windes und das Toben der Wellen gar zu laut war und Jutte nirgends zu sehen, da hatte sie sich gefürchtet in ihrem einsamen Kämmerlein und war in den Saal hinübergegangen, wo sie Stimmen hörte. Der Vater war da und seine Knechte; aber niemand achtete auf das Kind, das sich still in die warme Kaminecke setzte. Sie waren alle beschäftigt, eine große hellbrennende Laterne zum Saalfenster hinauszuhängen.

»Was tut Ihr, Hans?« fragte endlich Gerda einen der Knechte, der an ihr vorüberging.

»Wir zünden den armen Schiffen, die in der Nacht noch auf dem Meer sind!« sagte er mit grinsendem Lachen.

Gerda dachte, das sei recht, und doch war ihr unheimlich dabei zumute.

Der Vater und die Knechte verließen das Zimmer. Sie hörte sie die Treppe hinabsteigen und die Stufen, die bis zum Meer führten; sie hörte Schüsse, das Rufen von Menschenstimmen und bald darauf einen furchtbaren Schrei. Der Sturm und die Wellen tobten lauter, aber dazwischen hinein glaubte sie Jammer und Wehlaute zu vernehmen; sie fürchtete sich entsetzlich und wagte nicht, sich zu bewegen.

Da kam Jutte eiligen Schrittes in das Zimmer: »Schnell, Kind, schnell fort! was tust du hier?« Und sie trug sie in ihr Kämmerlein und in ihr Bett.

Gerda hörte den schweren Tritt der Männer auf der Treppe. »Sag', Jutte, was ist das? Haben die armen Schiffer das Licht nicht gesehen? Wer hat sie gerufen?«

»Schweig, Kind, schweig!« – sagte scheu und ängstlich die Alte; »bet' ein Vaterunser, wenn du's noch kannst! ich kann das nicht mehr.«

Und Gerda betete mit zitternder Stimme; sie wußte nicht mehr, wer sie das Gebet gelehrt und schlief endlich ein. Seit diesem Abend wagte sie sich nicht mehr in den Saal. Aber in mancher Sturmnacht glaubte sie wieder Jammerrufe zu hören wie damals; dann hüllte sie sich schaudernd in ihre Decke und betete das Vaterunser, ihr einziges Gebet, dessen Bedeutung sie kaum verstand, das sie aber stets wieder zur Ruhe wiegte.

Gerda kam selten, sehr selten die Treppe hinab, und obwohl sie am Fenster viel frische Seeluft schöpfte, so waren doch ihre Wangen bleich, ihre blauen Augen aber hell wie Sterne; sie blühte inmitten der wilden Menschen wie eine weiße Seelilie, und niemand erfreute sich ihrer Schönheit. Nur selten nahm sie der Vater auf die Knie und sah in ihr sanftes Gesichtchen und sagte: »Wart' nur, Kind, wenn du älter bist, sollst du auch die Welt sehen!«

Sie war nicht lustig wie andere Kinder; sie hatte nie Gespielen gehabt, auch kein Spielzeug, wie es kleine Mädchen haben. Jutte aber, die des Kindes freudlose Jugend erbarmte, nahm sie einst an der Hand und führte sie eine kleine Treppe hinab, auf der man in ein anderes weites Zimmer im unteren Raum kam. »Da, du armes Närrlein, da kannst du spielen; häng' nur dein Herzlein nicht daran!«

Ein wunderliches Spielzimmer war das, und Gerda wußte nicht, wie sie es anfangen sollte, hier zu spielen. Längs der Wand standen Kisten und Fässer in allen Gestalten; Ballen mit Stoffen jeder Art, die für das Kind keinen Wert und keinen Reiz hatten; dann aber auch allerlei seltsames Geräte, Vögel in den herrlichsten bunten Farben, aber tot und ausgestopft; Korallen und Perlen, goldenes Geschmeide und schöne, glänzende Muscheln, größer und prächtiger als die, welche ihr Jutte hier und da am Strand gesammelt und gebracht hatte.

Gerda wußte gar zu wenig vom Leben draußen, als daß sie, wie andere Kinder, sich hätte die Welt der großen Leute im kleinen bilden können. Das einzige, was sie sah, war das Meer und der Himmel, da sie so gar selten ins Land hineinkam. So bildete sie sich denn aus den Muscheln den Meeresgrund, und in die größte der Muscheln setzte sie sich selbst und bildete sich ein, sie schiffe jetzt in die weite Welt hinaus, die sie sich gar nicht seltsam genug vorstellen konnte. Sie heftete die Ringe und Juwelen, die sie gefunden, auf ein schwarzes Tuch und hängte es unten an die Wand; das war der Himmel mit Sternen, in den sie hineinschiffte; denn sie mußte sich vorstellen, das Meer gehe immer fort, weit, weit hinaus, bis es zuletzt gerade mit dem Himmel zusammenfließe. Sie fand gar mancherlei unter dem Gerümpel, aus dem sie sich nach und nach eine Vorstellung von den Menschen in der Welt draußen machte: – Frauengewänder, eine Brieftasche, darin war das Bild einer schönen sanften Frau; ach, das war so ganz anders, als Juttens finstere Züge!

Ein dunkelrotes Samtmützchen mit einer weißen Feder, das war zu klein für einen Mann, es mußte einem Knaben gehört haben. Gerda versuchte, es aufzusetzen, allein es war für sie zu groß; aber sie dachte doch, der Knabe, dem es gehörte, hätte einen lustigen Gespielen für sie gegeben, der hätte sie gewiß hinausrudern können in die weite Welt.

Die schöne Mütze war verdorben, weil sie im Wasser gelegen hatte. Jutte sagte ihr, daß alle diese Dinge unglücklichen Leuten gehört haben, die im Meer ertrunken seien, und Gerda mußte nun oft weinen, wenn sie sich den Knaben in dem Samtmützchen dachte, wie ihn die Wellen an den Felsen geworfen. Und sie liebte das Meer nicht mehr so wie zuvor.

Einmal, da war wieder so ein gar stiller Abend; der Vater und seine Knechte waren fort, auch Jutte war ins Dorf gegangen und Gerda saß allein, ganz allein unter dem Bogenfenster in ihrer Stube und sah hinaus in den klaren Abendhimmel, bis das Blau dunkler und dunkler wurde und einzelne Sterne blinkten und endlich der Mond wie ein silbernes Schifflein herauftauchte. Die kleine Gerda fühlte eine unaussprechliche Sehnsucht, nur einmal hinauszukommen in die weite Welt, oder gar hinein in den Himmel, und sie heftete ihre Augen recht mit Verlangen auf den leuchtenden Mondkahn. Aber siehe, der Kahn schwebte näher und näher auf ihr Fenster zu, und Gerda sah jetzt deutlich eine hohe Frau mit leuchtenden, weißen Gewändern und sanften, holdseligen Mienen, die darin saß. – Jetzt war sie dicht am Fenster; sie streckte die Arme nach Gerda aus, die breitete ihr die ihrigen sehnsüchtig entgegen und – in einem Augenblick saß Gerda in dem Kahn, in dem Schoß der schönen Frau und schwebte mit ihr hoch, hoch über dem Meer und dem alten Schloß, hinaus in die weite Welt, hinein in den dunkelblauen Himmel.

Gerda fürchtete sich und konnte nicht hinab in die unermeßliche Tiefe sehen; aber sie blickte in die sanften Augen der schönen Frau, und dann fürchtete sie sich nimmer.

»Wer bist du denn?« fragte sie endlich.

»Ich bin Frau Luna und ich habe dich schon oft gesehen, du armes, verlassenes Kind, und weil du so gar einsam bist, so will ich dir auch zeigen, wie es aussieht in der weiten Welt; komm, du kannst schon hinuntersehen!«

Frau Luna hielt sie fest in ihren Armen, und Gerda sah unter sich auf dem Meere ein großes, großes Schiff, wie sie es wohl schon gesehen von der Höhe ihres Schlosses. Dort aber waren die Schiffe meist nur von weitem vorbeigefahren; wenn sie nahe kamen, so war es bei Nacht und Unwetter, wo sie dann Jutte zu Bette brachte.

Es war ein schöner und seltsamer Anblick, dies stattliche Schiff mit seinen Masten, die so hoch hinaufstiegen, mit den lustig blähenden Segeln, wie es so gleich und sicher die Flut durchschnitt, und goldene Furchen hinter sich zog und tausend schimmernde Lichter es umspielten. Überall war es bevölkert; flinke Jungen kletterten die Masten auf und ab, rasch und geschickt griff die Arbeit ineinander; ein Teil der Leute auf dem Schiffe atmete noch die kühle Abendluft auf dem Verdecke, andere saßen fröhlich in der Kajüte beisammen bei hellem Lampenlicht und schmausten und sangen. Auch Kinder sah Gerda in einer andern Kajüte; die Mütter legten sie zur Ruhe und erzählten ihnen von dem schönen, warmen Lande, in das sie kommen sollten, und die Kinder schliefen ein und träumten von bunten Papageien und köstlichen Früchten.

»Möchtest du hier bleiben auf dem Schiffe?« fragte Frau Luna die kleine Gerda, »und herumfahren auf dem Meer, hinaus in ferne, wunderbare Länder?«

Gerda schüttelte ihr Köpfchen. Sie dachte an die Stürme und an die Wellen, wie sie oft an den Felsen schlugen, auf dem ihr Schloß stand; sie dachte an den Knaben, dem das rote Samtmützchen gehört, und an all die Leute, deren Habe daheim lag in dem unteren Gewölbe, und ihr graute vor dem Meer. »Bring mich lieber wieder heim!« bat sie, »ich fürchte mich.«

Und Frau Luna schwebte auf dem Kahn mit ihr zurück und hob sie daheim in das Fenster, wo die heimgekehrte Jutte das Kind fand, ohne zu ahnen, wie weit es fortgewesen.

Es war eine klare Mondnacht, wie sie damals gewesen, und wieder sah Gerda verlangend nach dem Mondschifflein, wie es allmählich auftauchte und näher und näher kam, und wieder saß darin die schöne Frau Luna und hob das Kind zu sich, das schon furchtlos um sich und in die Tiefe blickte, und schwebte mit ihm hinaus, weit, weit! – Es ging über das Meer hinaus, und Gerda sah mit Staunen unter sich eine große, große Stadt, blinkend von viel hundert Lichtern. Der Mondkahn hielt stille über dem schönsten und höchsten Gebäude, auf dessen Giebel eine Krone schimmerte. Ein heller Lichtglanz strömte aus hohen Fenstern und spiegelte sich in einem kleinen See; Gerda schaute in den prächtigen Saal, von dem all der Glanz ausströmte, geblendet von dieser Herrlichkeit.

Was waren die Juwelen und die bunten Muscheln, mit denen sie daheim sich Welt und Himmel bildete, gegen diesen Schimmer! Blumen in den prachtvollsten Farben blühten auf den Fußdecken; Vorhänge von schwerem Purpursamt wallten an den Fenstern herab; in tausend Lichtern funkelten kristallene Kronleuchter, und Männer und Frauen in schimmernden, juwelengeschmückten Kleidern tanzten nach den Tönen einer prächtigen Musik, die für Gerdas Ohr, das nichts gehört als den einförmigen Gesang der Wellen, noch das Wunderbarste war. In einem kleineren Saale bildeten schöne, reichgekleidete Kinder den Reigen zum Tanz, köstliche Speisen waren auf langen Tafeln aufgestellt. Gerda brauchte lange, lange, bis sie ihre Augen an diesen Glanz gewöhnt hatte, und allmählich alle die Pracht sehen und bewundern konnte. »Möchtest du hier bleiben und wohnen,« fragte Frau Luna wieder, »in all dieser Herrlichkeit? nicht nur bei Nacht, wenn die Kerzen funkeln, auch bei hellem Tag, wo du noch viel Schönes in diesen Räumen sähest, das du nicht ahnst bei Nacht; wo in den Gärten schöne Blumen blühen und in dem hellen See lustige Fischlein spielen; möchtest du?«

Gerda schüttelte wieder den Kopf: »Ach nein, da ist mir's viel, viel zu schön und zu hell; die Augen tun mir weh. Laß mich lieber auf mein einsam Schloß!« Fast schlafend legte Frau Luna die Kleine wieder in ihre stille, düstere Kammer.

Gar sorgfältig verbarg Gerda vor Jutte die Heimlichkeiten ihrer letzten Nächte, und wußte es geschickt zu richten, daß sie allein blieb um die Stunde, wo der Kahn herbeisegelte. Und da dieser Mondkahn soviel, viel weiterfährt, als meine Augen jemals gedrungen, so kann ich euch auch nicht von all den fernen, wunderbaren

Städten berichten, die Gerda an der Seite der schönen Frau Luna sehen durfte: die Palmenwälder in Indien, die Orangengärten in dem schönen Italien, einsame Bergseen und lebensvolle Städte. Aber so allein und freudenlos auch Gerda auf ihrem Schlosse lebte, wollte sie doch immer wieder dahin zurückkehren, und Frau Luna lächelte und sagte:»Du einfältiges Kind, daß du von aller Herrlichkeit der Welt dein altes Raubnest erwählst!«

Keine so große und prächtige Stadt und keine reiche Natur war es, auf die sich an einem kalten Winterabend das Schifflein niedersenkte; aber hell und freundlich strahlte die Stube, in die Frau Luna Gerda hineinblicken ließ – es war Weihnachten.

Ein stattlicher Tannenbaum, mit Lichtern und Goldnüssen und Zuckersternen und Marzipanfiguren behängt, erhellte die Stube wie am Tage, und welch ein fröhliches Kindervolk drängte sich um die Tafel! Das war eine Musik, wie Gerda noch keine gehört! Ein kleiner Knabe trommelte nach Herzenslust auf einer neuen Trommel, während er auf beiden Backen Pfefferkuchen biß; ein größerer Knabe stimmte eine Geige und ein Mädchen sang herzbrechend dazu, indem sie ihre neue Puppe in Schlaf wiegte. Es wäre aber eine Kunst gewesen hier zu schlafen! Da war noch ein rundköpfiger Bube, der lud einen kleinen Fuhrmannswagen so übervoll, daß er allemal mit großem Gerumpel wieder zusammenfiel, und ein rotbäckiges Mägdlein hielt aus dem neuen Abc-Buch schon Schule für ihre Puppen und schrie gewaltig, weil sie sie nicht verstehen wollten; dazu hielt die Mutter noch ein kleines Kind auf dem Arme, das nach all den Lichtlein haschte, und immer wieder nach guten Sachen rief: es war eine neue Welt für Gerda. Sie fühlte nicht, wie kalt die Nacht war, auch hatte Frau Luna ihren Mantel um sie geschlagen; sie sah hinein, bis der Lärm sich legte, die Kleine unter ihren Schulkindern einschlief, und die andern Kinder sich um die Mutter am Klavier sammelten und einen schönen Weihnachtsgesang anstimmten.

Gerda hatte noch nie so recht in die Kinderwelt gesehen. Frau Luna fährt nur bei Nacht aus, wo die Kleinen meist zur Ruhe gebracht sind; ihre Augen standen voll Tränen, als endlich Frau Luna ihr Schifflein leise wieder ablenkte.»Aber hier möchtest du bleiben, nicht wahr?« fragte sie die Kleine.

Aber Gerda verneinte leise:»Was sollte ich unter diesen Kindern? – sie sind fröhlich und glücklich, sie brauchen mich nicht; ich bin so lang allein gewesen, ich wäre ja fremd unter ihnen.«

Es war bald Frühling, als sie wieder aussegelten und das Mondschifflein still hielt über einer moosbewachsenen Höhe am Meeresstrand; die Wellen rauschten und brachen sich am Felsen, fast wie in Gerdas heimatlichem Schloß. Auf der Höhe saß eine Frau mit sanftem, bleichem Angesicht, sie war fast der Frau Luna ähnlich. Sie sang eine leise traurige Weise:

»Es rauschen und es schwellen
Die frischen Meereswellen;
Fern kommen hergezogen
Die stillen, dunkeln Wogen –
Sag' mir, du Abendwind,
Vom Gatten und vom Kind'!<

Ob sie wohl ferne träumen,
Süß unter Palmenbäumen,
Und ob sie längst entschliefen,
In stillen Meerestiefen?
Die Nacht deckt alles zu,
Gott schenk' euch sanfte Ruh'!«<

Dann stand sie auf, verhüllte ihr Gesicht, als ob sie leise weine und stieg den Hügel hinab. Das Mondschifflein folgte ihr auf einem Pfad, der sich durchs Gebüsch hinabzog auf eine Ebene, die hinter dem Hügel lag. Durch eine efeuumpflanzte Pforte und ein liebliches Blumengärtchen führte der Weg zu einem anmutigen kleinen Hause. Gerda sah durchs Fenster in ein trauliches Gemach, wo die Frau nun eine Lampe angezündet hatte; sie war ganz allein, ein stiller Friedensengel schien durch diese Räume zu ziehen. Ein Klavier, eine Laute, schöne Bilder an den Wänden, die das Seeleben in allen Gestalten darstellten, und herrlich duftende Blumen waren der einzige Schmuck des Zimmers. Kein Laut und keine Spur zeigten die Gegenwart von Kindern an in der tadellosen Ordnung des Gemachs; nur unter dem Bilde eines schönen, blonden Knaben war

Knabenspielzeug aufgeschichtet: eine Trommel, ein hölzernes Schwert, ein Schiffchen, eine gestickte Fahne, in zierlicher Ordnung, nicht wie es die rasche Hand eines Knaben hinwirft; die Mutter sah es an mit wehmütigen Blicken.

Gerda konnte nicht satt werden, das stille Zimmer zu beschauen, und als Frau Luna das Schifflein weiter lenken wollte, bat sie:»Oh, laß mich auch noch sehen, wo der schöne Knabe schläft, dem das Spielzeug gehört!«

»Der schläft wohl weit von hier,« sagte Frau Luna mit wehmütigem Lächeln;»mehr als zwei Jahre sind's, seit der blonde Knabe mit seinem Vater hinauszog auf die erste Seefahrt, und wenige Monate darauf ist seines Vaters Schiff an der Klippe gescheitert, wo euer Schloß steht; sie haben seine und seines Vaters Leiche wohl ins Meer geworfen. Die Mutter sitzt jeden Abend und jeden Morgen auf dem Hügel am Meer und sieht hinaus, ob ihr Gatte und ihr Kind noch nicht zurückkommen.«

»Führe mich heim!« bat Gerda mit stillem Weinen;»aber liebe Frau Luna, bringe mich noch einmal hierher!« Die Mondkönigin versprach es.

Es war heller Tag, aber in dem Schlosse wurde es nie so recht hell; Jutte saß spinnend in der Stube und Gerda bei ihr. Sie dachte an die Mutter und an den Knaben, der hier auf der Klippe gelegen, und an das ganze unheimliche Treiben des Vaters.»Sag mir, Jutte!« begann sie endlich,»wenn die Männer die Leuchte aushängen im Sturm für die armen Leute auf den Schiffen, warum sind sie denn noch nie gerettet worden?«

»Weil das Schiff zerscheitern muß an unsern Felsen,« sagte mit unheimlichem Lächeln Jutte;»die Laterne kann die Schiffer nur irre führen, daß sie meinen, hier geborgen zu sein.«

»Aber warum hängen sie sie dann aus?« fragte entsetzt das Kind.

»Wenn die Schiffer tot sind, gehört das reiche Schiffsgut deinem Vater und seinen Gesellen,« antwortete die Alte.

»Aber, Jutte, kommen sie nie lebend an das Ufer?«

»Das Meer ist tief; Tote und Halbtote kommen darin zur Ruhe,« sagte Jutte mit dumpfem Ton.

»Ach, sag' mir,« rief das geängstigte Kind, »was ist denn mein Vater?«

»Ein Strandräuber; Gott helfe dir, du armes Kind!«

Gerda wußte nicht recht, was das war; aber sie dachte wohl, es müsse etwas Entsetzliches sein, und sie verhüllte ihr Gesicht.

»Deiner Mutter hat es das Herz abgestoßen, du armes Würmlein; wollte Gott, du wärst bei ihr! Dann würde ich keine Stunde mehr in diesem Sündennest bleiben; ich ginge ins Kloster,« sagte Jutte wieder. »Oh, nimm mich mit!« bat Gerda.

»Darf nicht. Wenn du groß bist, so will der Vater mit dir in die Welt hinausgehen, und mit dem Sündengeld herrlich und in Freuden leben, und dich zur großen Dame machen.«

Gerda schüttelte leise den Kopf, aber sie sprach kein Wort mehr, sie wollte nicht mehr hier bleiben. Früher als sonst schlich sie sich in das Kämmerlein, um Frau Luna zu erwarten. Von allem, was ihr eigen war, und von dem, was in dem Gewölbe lag, nahm sie nichts als die rotsamtne Knabenmütze und setzte sich still damit unters Fenster.

Wie sie gebeten, führte sie Frau Luna wieder zu dem Hügel am Meer, wo die Mutter saß, die nach ihrem Kinde blickte. Als sie sich dem Hause zuwandte, bat Gerda: »Oh, laß mich hierbleiben! Hier bin ich allein, ich will das Kind der armen Mutter sein.«

Frau Luna hüllte sie lächelnd in ihre Schleier, und leise, leise senkte sich der Kahn hinab. Gerda schlief ein.

Es war Morgen, ein schöner, heller Morgen; die Sonne hatte die Nebel zerstreut, die aus dem Meere gestiegen waren, die Brandung brauste und schäumte wie immer. Aber drüben, da lag die See wie ein klarer Spiegel, weiße Möven zogen darüber und berührten mit ihren Schwingen die Fluten; frische Seewinde wehten ans Ufer, wie ein Gruß aus fernen Landen jenseits des Meeres.

Still und langsam ging Frau Seymour, die Bewohnerin des schönen Landhauses, ihren täglichen Pfad auf den Hügel am Meere; weit weit hinaus blickte sie nach allen Seiten, soweit ihr Auge reichte: nirgends ein Segel! und mit einem leisen Seufzer setzte sie sich auf den moosigen Stein, der ihr gewöhnlicher Ruheplatz war. Aber was lag da in dem tauigen Gras zu ihren Füßen? ein Kind in tiefem Schlaf; ein junges Röslein, aber ein Weißes, in etwas seltsamer Tracht, und in ihren feinen Händchen hielt sie fest eine rote Knabenmütze mit weißer Feder. Die Mütze kannte die Mutter. Hastig riß sie sie aus der Hand des schlafenden Kindes und sah nach den Buchstaben, die innen mit Seide genäht waren. »Arthur, mein Kind, oh, wo ist er?« rief sie und sah sich um, ob nicht die kecke, schöne Gestalt ihres Knaben aus den Gebüschen springen werde, wie er wohl sonst getan.

Gerda war erwacht und sah mit ihren sanften, stillen Augen in die der armen Mutter. »Weißt du, Kind, wo mein Krabe ist?« fragte diese eifrig.

Gerda deutete hinaus aufs Meer. »Er schläft lange, lange schon da drunten,« sagte sie leise und traurig, und die Mutter barg ihr weinendes Gesicht in den Händen. Ach, sie hatte es längst schon gewußt, aber nie geglaubt; so war es, als ob erst heute ihre Lieben ihr genommen würden.

Lange weinte sie im stillen, bis ihre Augen wieder auf das Kind fielen. »Aber wo kommst du her, Kleine? – und hast du meinen Knaben gekannt?«

»Nein,« sagte Gerda traurig; »er schläft im Meer bei unsrem Schlosse, ich habe nur seine Mütze gefunden.«

Die Mutter war zu sehr in ihr Leid vertieft, um lange nach der wunderbaren plötzlichen Erscheinung des Kindes zu fragen; sie nahm sie an der Hand und ging langsam mit ihr heim, die Mütze ihres Knaben in der Hand.

Daheim weinte sie sich noch recht von Herzen aus; Gerda saß still zu ihren Füßen. Erst die verwunderte Frage der Dienerin erinnerte die Dame wieder an das Kind.

»Aber woher kommst du denn, Kleine?«

»Weit, weit her von unsrem Schloß.«

»Wie bist du denn gekommen?«

»Auf einem Schifflein,« sagte Gerda, die eine eigene Scheu fühlte, von ihren Fahrten mit der Frau Luna zu erzählen. Mehr konnten die Herrin und die Dienerin nicht von ihr erfahren, und zuletzt begnügten sie sich mit der freilich unwahrscheinlichen Vermutung, daß das Kind mit einem Schiff ans Land gekommen und aus Versehen am Ufer zurückgeblieben sei.

»Willst du bei mir bleiben?« fragte die einsame Mutter.

»Oh, gern, gern!« sagte Gerda mit strahlenden Augen.

So war nun Gerda das Kind dieses stillen friedvollen Hauses. Frau Seymour und ihre treue Johanne fanden bald, daß die Kleine still und traurig wurde, wenn man sie nach ihrer Vergangenheit fragte; so lernten sie sie denn ansehen als ein Töchterlein, das ihnen vom Himmel geschickt sei, um die arme Mutter zu trösten. Ein lärmendes wildes Kind hätte dem betrübten Mutterherzen weh getan; die stille, sanfte Weise Gerdas tat ihr wohl, und sie ward ihr bald lieb wie ein eigenes Kind. Die arme Frau war durch die jahrelange Furcht und Hoffnung wegen der Ihrigen so müde gequält, daß jetzt mit allem Leid doch eine stille Ergebung und Ruhe bei ihr einzog, nun sie gewiß wußte, daß ihr Kind und Gatte daheim seien bei Gott.

Ein gar stilles, friedliches Leben führte jetzt Gerda in dem freundlichen Wohnhause; es war dem armen Kinde hier unbeschreiblich wohl ums Herz, und ihr bleiches Gesichtchen erblühte in lieblichem Rot. Sie war nicht an Spielzeug gewöhnt, wie andre kleine Mädchen, und verlangte nicht danach; es waren schöne Bilderbücher da von Arthur, mit den wunderbaren Blumen und Bäumen und Vögeln fremder Weltteile; an denen konnte sie sich stundenlang ergötzen. Am liebsten aber saß sie auf ihrem kleinen Schemel zu den Füßen ihrer Mutter, wie sie lange schon Frau Seymour nannte, und ließ sich erzählen von ihrem schönen, fröhlichen Knaben, wie er so frischen Sinnes gewesen und doch ein lieb und folgsam Kind; wie ihn frühe schon sein Vater ans Meer gewöhnt habe und sich erfreut an seinem unerschrockenen Mute; wie er mit einem kleinen Schiffe mit roter Flagge schon im zehnten Jahre allein hinausgefahren sei, bis ihn endlich, im zwölften Jahre, sein Vater mit fortgenommen auf die erste große Meerfahrt, die seine letzte geworden. Die Mutter ward nicht müde, von dem Tag des Abschieds zu erzählen, wie er vom Schiff aus noch einmal zurückgesprungen sei und sie geküßt habe; und am Ende weinte sie bitterlich, und Gerda weinte mit.

Sie gingen immer noch an schönen Abenden zusammen auf den Hügel am Meer; aber sie blickten nicht mehr hinaus auf die weite See; sie sahen aufwärts, bis die goldenen Sterne aufgingen, und auf dem glänzendsten und schönsten dachten sie sich, daß der Vater und Sohn auf sie niedersehen. Gerda dachte wohl auch an ihren Vater, und seit sie hat beten lernen, betete sie recht von Herzen, daß Gott ihn losreißen möge von seinem wüsten sündlichen Treiben und zum Frieden führen.

Aber Gerda und ihre Mutter haben nicht immer geweint und um die Toten getrauert, auch viele klare und heitere Stunden zogen über ihre stille Wohnung hin. Das Haus war umgeben von einem schönen Blumengarten; das war ein unendliches Glück für Gerda, die fast noch keine Blume gekannt hatte als die Felsennelke. Die Blumen waren alle ihre lieben Kinder; sie wußte von jeder Pflanze, wieviel sie Knospen habe, und konnte den Morgen kaum erwarten, bis sie wieder sah, wo neue aufgeblüht waren. Sie machte allerlei sinnreiche Hüttchen und Zelte von breiten Blättern, um ihre lieben Kinder vor der Sonnenhitze zu schützen, und schöpfte unermüdet mit ihrer kleinen, blinkenden hellen Kanne am großen Springbrunnen, um sie mit Wasser zu laben.

Auch die Vögelein waren ihre Lieblinge: sie wollte keine im Käfig, da hatte sie zuviel Mitleid mit den Tierchen; aber in dem kleinen Gebüsch hinter dem Garten war es so still und ruhig. Noch gar nie hatte hier eine frevelhafte Hand das harmlose Vogelleben zerstört; da nisteten sie und zwitscherten und sangen und flogen umher nach Herzenslust. Gerda hatte einen Sitz zwischen zwei Bäumen, an den Zweigen waren Körbchen voll mit Körnern aufgehängt. Da lauschte sie oft stundenlang und sah zu, wie die Vögelein so eilig herbeiflogen und sich Körnlein wegpickten; wie sie Halme und Flöckchen heimtrugen, um ihre Nester zu bauen; sie wußte, wo die Nestlein waren; sie belauschte die Jungen, wie sie die Schnäbelein aufsperrten, wenn die Alten Futter brachten, und so sanft und leise war ihr Tritt und Wesen, daß die Vögelein alle Scheu vor ihr verloren, sich auf ihr Lockenköpfchen setzten oder ihr aus der Hand pickten.

Die Mutter aber ließ das Kind nicht allein bei Vögeln und Blumen aufwachsen; sie führte sie auch mit sich, fern von dem schönen Haus, dem Garten und Springbrunnen, in die umliegenden Dörfer, wo die Armen und Kranken recht wohl die schöne Frau im schwarzen Kleide kannten.

Gerda war gar zu scheu im Umgang mit Kindern und wäre viel lieber daheimgeblieben, aber die Mutter wußte ihr diese Gänge liebzumachen. Bald durfte sie ein Jäckchen nähen für das arme kleine Kindlein, das sie nackt in der Wiege gesehen hatte; bald einen kühlen Trank bereiten für das kleine Mädchen, das glühend mit trockenen Lippen dagelegen war; bald dem fröhlichen kleinen Knaben ein hübsches Buch bringen, der so schöne Erdbeeren für sie suchte. Ganz allmählich gewöhnte sie sich so an die Menschen, [?]und gewann sie lieb[?] indem sie ihnen Gutes tat.

[?]hinaus hatte sie kein Verlangen mehr. [?]Frau Luna dünkten ihr wie ein ferner, [?]konnte nie davon reden. Wenn der silberne [?]vor ihrem Fenster vorüberzuziehen schien, [?]Frau Luna zu erblicken, so nickte sie wohl [?]aber hinauslocken wollte in die tiefblaue [?]ihr Köpfchen: »Nein, nein, Frau Luna! ich [?]gefunden.«

[?]hatte Mutter und Tochter schon in stillem [?]gelebt, und die Mutter, die ihre Kraft ab-* *[?]sie noch nicht alt war, sah oft in stiller [?]aufblühendes Kind, das sie in der Welt [?]ihr so fremd war. Gerda dachte daran [?]Wege und freute sich ihrer kleinen Welt, und glaubte nicht, daß es einmal anders kommen könnte.

Der Hügel am Meer war immer noch ihr Lieblingsplatz und oft saß sie dort, auch ohne die Mutter. Manch stattliches Schiff hatte sie schon vorüberziehen sehen. Früher war unweit des Hügels ein Landungsplatz für Schiffe gewesen; aber die Brandung war hier so gefährlich, daß sie ohne Not nie mehr an dieser Stelle ans Land gingen.

Es war ein stürmischer Herbstabend, und er mahnte Gerda wie aus einem fernen Traum an die Zeiten in dem alten Schloß, wo der

Sturm oft so furchtbar getobt. Die Mutter legte sich früh zur Ruhe; seit ihr Knabe fortgezogen war, konnte sie keinen Sturm mehr hören. Gerda aber hatte diesmal ein besonderes Verlangen, auf den Hügel zu steigen und nur einmal wieder einen Sturm auf dem Meere anzusehen. Die Mutter hätte es nicht zugegeben, Johanne auch nicht; aber sie holte selbst den Schlüssel. So hüllte sie sich fest in Mantel und Tuch und schlüpfte hinaus.

Der Mond stand hoch am Himmel, und wenn der Wind die Wolken zerriß, so warf er ein helles Licht auf das heftig bewegte Meer, dessen Wellen sich berghoch aufwarfen. Nicht zu fern vom Lande kämpfte ein Schiff mit den Wogen; man hörte die Schüsse, die Angstrufe; man sah ein Hin- und Herlaufen mit den Lichtern, eine Menge Leute sammelten sich am Ufer, aber niemand wagte sich durch die tobende Brandung. Gerda sah zu mit Todesangst um die Armen, und doch konnte sie sich nicht losreißen von der Stelle.

Da sah sie im hellen Schein des Mondes einen Mann aus dem Schiff sich ins Wasser stürzen; sie stieß einen Schrei aus – der mußte verloren sein! Doch nein, er tauchte wieder auf, die Wellen schleuderten ihn dem Lande zu, mit starkem Arm teilte er die Wogen; nur wenige der am Ufer Stehenden bemerkten diesen Kampf, aller Augen waren auf das Schiff geheftet; Gerda aber sah, wie er endlich das Land erreichte, wie er am Fuß des Hügels niedersank. Sie stieg hinab, so eilig sie konnte auf dem steilen, steinigen Weg; da lag der Gerettete, blutend von den Steinen, bleich, schwer atmend, der helle Mondschein fiel auf sein rauhes, düsteres Gesicht - es war Gerdas Vater!

Sie hatte ihn im Augenblick erkannt, sie hatte alles vergessen. Was ihr das Andenken an ihre Kindheit freudlos und grausig gemacht. Sie rief ihren Vater, sie wärmte seine kalten Hände, sie schlug ihr warmes Tuch um ihn – er war eine wettergewohnte Natur und richtete sich bald wieder auf. Er hatte sich nicht verändert, aber sein Kind war indes zur schönen Jungfrau erwachsen; er sah sie an wie im Traum: »Bist du mein Kind?« Und er weinte seit langen, langen Jahren zum erstenmal; er fragte nach keiner Erklärung, er glaubte so gern, daß sie sein Kind sei! Nun richtete er sich auf und beichtete ihr, wie er einst nach einem wilden, wüsten Jugendleben, wegen eines Mordes verfolgt, sich auf sein Schloß am Meer geflüchtet habe. Seine treue Gattin war ihm gefolgt, aber bald nach Gerdas Geburt gestorben. Mit ihr war der letzte gute Engel von ihm gewichen.

Mit den rohen, wilden Bewohnern der armen Küste hatte er zuerst das Gut Schiffbrüchiger geteilt; er war tiefer und tiefer in die Sünde gefallen. Grausamer als Wind und Wetter hatten sie manchen, den die Elemente verschont, noch beraubt und ins Meer gestürzt, und zuletzt hatten sie absichtlich die Schiffe an den gefährlichen Felsen gelockt, um sie zu verderben. »Ich dachte einst, dies Sündenleben aufzugeben, wenn du erwachsen sein würdest; ich dachte daran, dich fortzugeben in bessere Hände als die meinigen, aber ich konnte nicht daran kommen, dich zu entfernen: – da bist du plötzlich verschwunden. Wir glaubten dich zum Fenster hinausgestürzt; das erschütterte mich bis zum Grund, ich hatte keine Ruhe mehr. So oft der helle Mond in mein Fenster schien, glaubte ich, die Schiffbrüchigen, die wir beraubt und gemordet, aus dem Meeresgrund aufsteigen zu sehen; es litt mich nimmer im Schloß. Ich zwang meine Raubgenossen, indem ich ihnen mit Entdeckung drohte, das alte Raubnest niederzureißen, und ließ um das Sündengut, das ich erspart, einen Leuchtturm bauen zur Warnung für die Schiffe. Ich selbst ging als gemeiner Matrose auf ein Schiff. In Gefahren und Stürmen habe ich getan, was keiner getan hat, und vieler Leben gerettet. Als der Sturm hier losbrach, glaubte ich, meine unselige Gegenwart bringe dem Schiff Unheil; so stürzte ich mich ins Meer und schwamm ans Land – aber Frieden habe ich noch nicht gefunden.«

»Bei dem Herrn ist Frieden und viel Vergebung,« sagte Gerda, und in einfachen, kurzen Sprüchen teilte sie ihm die selige Heilsbotschaft des Evangeliums mit, die er wie zum erstenmal von seines Kindes Mund vernahm. Und unbeachtet von der Menge, die am Ufer sich drängte, knieten Vater und Kind nieder unter freiem Himmel und beteten in schlichten Worten, aber aus inbrünstigem Herzen zum Herrn um Vergebung. Und der Sturm legte sich, das Toben der Wellen ward ruhiger, der Mond schaute klar und still hernieder, und die Engel im Himmel freuten sich über einen Sünder, der Buße getan.

Ein roter Schein erhellte plötzlich die Gegend, ein Schrei des Entsetzens ertönte von der Menge: auf dem Schiff drüben, das seither noch mit den Wellen gekämpft, war Feuer ausgebrochen, furchtbar, unaufhaltsam loderten die Flammen zum Himmel.

Roderich, Gerdas Vater, stürzte ans Ufer: er sprang zuerst in ein Rettungsschifflein und fuhr zum Schiff, von dem ein Teil der Mannschaft schon in einer Schaluppe abgefahren war; er nahm auf, was sein Schifflein faßte, und ruderte mit fast übermenschlicher Kraft zum Ufer. Noch einmal stieß er ab und kam am Schiffe an. In verzweifelter Hast stürzte der Rest der Mannschaft hinein; es war zu voll, Roderich bat sie zu bleiben, versprach, er wolle wiederkommen. Vergeblich! in Todesangst klammerten sie sich an, und er versuchte abzustoßen.

Noch einer war auf dem Schiff geblieben, ein Offizier, ein schöner Jüngling; er wollte aushalten bis zum letzten Mann. Roderich sah ihn im Schein der lodernden Flammen am Mastbaum lehnen; da gab er das Ruder des Schiffleins einem starken Matrosen und stürzte sich ins Meer. Er schwamm ans Schiff und rief den Offizier zu, sich herabzustürzen; er riß eine der schwimmenden Planken an sich, faßte den herabspringenden jungen Mann mit einem Arm, und, ein Schwimmer sondergleichen, steuerte er mit gewaltiger Kraft dem Ufer zu.

Der Sturm hatte wieder begonnen; die Brandung tobte wilder als zuvor; keines der Schifflein konnte die Schwimmenden aufnehmen. Durch eine letzte verzweifelte Kraftanstrengung erreichte Roderich mit dem bewußtlos gewordenen Jüngling den Strand und schleuderte ihn ans Ufer. Er selbst hatte nimmer die Kraft sich aufzuschwingen; er stürzte zurück und die Wellen rauschten über ihn hin.

Gerda hatte kniend am Ufer zugesehen; als der Jüngling gerettet wurde und ihr Vater in den Fluten versank, sank auch sie zusammen.

Die mitleidigen Uferbewohner nahmen die Schiffbrüchigen auf. Gerda und der junge Offizier wurden in das Haus der Frau Seymour getragen, wo alles wach und in großer Sorge um die vermißte Gerda war. Sie wußte von nichts; wie ein Kind wurde sie zu Bette gebracht; ihre Ohnmacht ging in tiefen Schlaf über.

»Einen Abend lang währet das Weinen, aber am Morgen kommt die Freude.« Sturm und Wetter hatten ausgetobt, die Vögel sangen in alter Lust und der schönste Sonnenschein strahlte durch das Efeu, das Gerdas Fenster umrankte. Sie erwachte noch recht erschöpft; sie konnte sich gar nicht besinnen, was gestern geschehen war. Sie erhob sich, kleidete sich an und schwankte etwas müde in das Wohnzimmer hinüber.

Da ruhte auf dem Sofa ein schöner junger Mann, etwas blaß, aber jugendfrisch und heiter: und über ihm lehnte mit strahlendem, seligem Angesicht die Mutter und wandte den leuchtenden Blick nach Gerda und rief mit unbeschreiblichem Jubel: »Gerda, Gerda, mein Artur ist da!«

Da wußte Gerda, daß sie nicht geträumt, und mit der Freude, daß die Mutter ihren Sohn gefunden, stieg ihr auch das bleiche Bild ihres Vaters auf, der den Jüngling gerettet hatte, sein wunderbares Erscheinen und sein schneller Tod. Aber sie fühlte, daß sie ihn auf ewig wiedergefunden habe, so schnell sie ihn auch verloren, und sie konnte sich von Herzen freuen mit den Frohen.

Am Nachmittag hatte Frau Seymour ausgesandt, was nur ihr Haus vermochte an Kleidern, an Speise und Trank in die Hütten, wo die Schiffbrüchigen aufgenommen worden waren; sie selbst saß in der Laube des schönen Blumengärtchens zwischen ihren Kindern, ihr Haupt an ihren Arthur gelehnt, ihre Hand in Gerdas Händen, und sie horchten beide Arthur zu, der ihnen seine Rettungsgeschichte erzählte.

»Es ging so furchtbar zu in jener Sturmnacht, die unser Schiff an dem alten Felsennest zerschmetterte, daß ich wenig mehr davon zu sagen weiß. Ich sah den lieben Vater im Meer versinken; mich trieben die Wellen ans Land, ich war wie tot. Ich sah nur noch, wie mich ein abscheulicher, schwarzer Kerl forttrug und in der Ecke eines Stalles niederlegte; er hielt mich für tot und wollte mich wahrscheinlich ohne Wissen seiner Gefährten ausplündern.

»Ich erwachte erst wieder in der nächsten Nacht, als einer unserer Matrosen, der sich auch heimlich gerettet hatte, zufällig ein Versteck in dem Stall suchte. Wir wußten wohl, wie schlimm man's hier mit uns meinte und flüchteten eilig landeinwärts. Da sind wir wochenlang in großer Angst, in vielen Mühen und Entbehrungen herumgeirrt, bis wir an eine andre Küste kamen, wo uns endlich ein Schiff aufnahm. Das Schiff aber ging nicht heimwärts, sondern weit, weit fort; wir sind eingefroren und wieder aufgetaut, wir sind unter Eisbären und Walfischen gewesen. Des Vaters Namen hat mir gute Bahn gebrochen; ich habe mir selbst Mühe gegeben und zuletzt gab man mir den Befehl über die kleine Fregatte, die heimwärts fuhr; wie mir's zuletzt gegangen, das wißt ihr. Meine Seeabenteuer aber reichen für ein ganzes Jahr zum Erzählen aus.«

Und nun berichtete Gerda mit leiser Stimme, wie sie gestern am Strand gewesen; wie sie da ihren Vater gefunden, wie er ihr all seine Schuld erzählt, und wie er untergegangen sei in Arturs Rettung.

Die Mutter sprach aus tiefster Seele: »Gott erbarme sich sein! er hat seine Schuld gebüßt und gesühnt.«

Und sie falteten alle die Hände und sprachen ein stilles Gebet.

Die Leiche des unbekannten Seemannes spülte das Meer nach einigen Tagen an den Strand. Die Matrosen alle wußten zu rühmen von seinem Mut und seiner Aufopferung während der Seefahrt. Gerda sah den Frieden, der im Tod diese düsteren Züge erhellte, und sie dankte Gott, der sein Opfer angenommen. Frau Seymour ließ ihn begraben auf dem schönen, stillen Friedhof, wo sie auch dem Andenken ihres Gatten ein Denkmal errichtete. Auf dem Grabe des Strandräubers steht ein einfaches Kreuz mit den Worten: »Ich vertilge deine Missetat wie eine Wolke, und deine Sünde wie den Nebel. Kehre dich zu mir, denn ich erlöse dich!«

Die Tage der Trauer und Erschütterung gingen vorüber, die Mutter lebte auf in Glück und Freude. Gerda und Artur freuten sich ihrer Jugend wie zwei fröhliche Geschwister. Sie saßen an einem schönen Abend wieder in der Laube und Gerda erzählte ihm, wie sie mit seiner roten Mütze gespielt auf dem einsamen Raubschloß, und leise, leise erzählte sie ihm, wie sie mit Frau Luna einst hinausgefahren sei und die Herrlichkeit der Welt gesehen habe, bis der silberne Nachen sie vor seiner Mutter stilles Haus gebracht.

Artur schüttelte lächelnd sein blondlockiges Haupt: »Das hat dir geträumt, Gerdchen; die alte Jutte wird dich heimlich auf ein Schiff gebracht haben, um dich aus dem finsteren Nest zu retten, und so bist du hierhergekommen.«

»Nein, Nein!« versicherte Gerda, »das weiß ich gewiß, so wunderbar es ist; aber weißt du, was mich wundert?«

»Was?«

»Daß Frau Luna nicht gewußt hat, daß du noch lebst; sie blickte ja so hoch herab und muß alles wissen.«

»Ja, Gerdchen, das kann ich dir sagen: drum ist es Neumond gewesen in der Nacht, wo ich wieder aufwachte, und noch manche Nacht nachher; da hat es Frau Luna nicht sehen können.«

So lang seine Mutter lebte, ging Artur nimmer zur See, das war aber nicht sehr lange. Als er ihr die Augen zudrückte, war Gerda seine liebe Frau geworden. Er vollendete noch manch glückliche Seefahrt. Wenn er schied und Gerda mit Tränen sagte: »Komm glücklich wieder!« so küßte er sie mit Lächeln und sagte: »Fahr' du mir nicht mit dem Mondschifflein davon!«

Das Steinkreuz. Friede ernährt, Unfriede verzehrt.

Das letzte Haus eines etwas abgelegenen Dorfes gehörte dem Taglöhner Andreas Fellreich. Vater und Mutter, die Ahne und drei Kinder bewohnten die drei kleinen Stuben, die das Häuslein enthielt; aber Freude und Friede war nicht viel darin: man sah kein freundliches Gesicht und hörte kein gutes Wort, wie oft man auch vorübergehen mochte.

Fellreichs gehörten nicht zu den allerärmsten und nicht zu den schlechtesten Einwohnern des Dorfes. Das kleine Häuschen und ein paar Güterstücke, die ihnen für einen Teil des Jahres notdürftigen Unterhalt gaben, gehörten ihnen eigen, wenn sie auch noch Schulden darauf hatten; daneben waren sie fleißig und verdienten mit Taglöhnen so viel als möglich war: aber alle ihre Mühe und Arbeit wollte nicht hinreichen, sie das ganze Jahr durch vor Mangel zu schützen. Wenn der Schnee schmolz, wenn die Sonne schön warm zu scheinen begann und die Kinder die ersten Schlüsselblümchen vom Rasen brachten, da ging in dem Häuschen erst die Not an: das Restchen des Kartoffelvorrats mußte nun zur Aussaat gespart werden, das Korn war längst zu Ende und die Kinder mußten meist hungrig zu Bett gehen. Der Vater konnte dann wohl hinaus in den Taglohn, aber er arbeitete bei reichen Bauern, die ihm dafür Frucht zur Saat gaben; das war eine große Wohltat. Wenn er aber am Abend heimkam mit leeren Taschen und die Kinder hungrig in seine Augen sahen, so fing er an zu fluchen und schrie:»Nichts hab' ich für euch, ist alles vorempfangen; totschlagen sollte man die armen Leute, grad' totschlagen!« Sagte dann die bettlägerige Ahne erschrocken mit gefalteten Händen: »Ach Gott, Andres, versündige dich nicht! 's ist ja noch gut von den Bauern, daß sie dich's abverdienen lassen,« so brummte er:

»Freilich ja, noch gut! warum sind sie reich und ich arm? Womit haben sie es verdient, und was habe ich getan, daß ich mich plagen soll wie ein Hund, und habe erst nichts davon?«

Die Mutter arbeitete als Wäscherin in vermöglichen Häusern. Sie war ein geschicktes, fleißiges Weib, aber auch von da kam sie mit verbittertem Herzen. Wenn die Kinder ihr entgegensprangen:

»Mutter, warum kommst du so lang' nicht? 's Bärbele tut nimmer gut,« so nahm sie das schreiende Kind:

»Ja, du armes Tröpfle, du hast freilich keine Mutter! ich muß meine Kinder liegen und verderben lassen.«

Wenn sie aber keine Arbeit auswärts hatte, so war sie noch viel unzufriedener und haderte über die geizigen Weiber, die lieber ihre Sache selbst herausbrudeln, statt eine Wäscherin zu nehmen.

Gebettelt hatten die Kinder noch nie, daran hätten sich die Eltern geschämt; sie hätten es, wenn sie der Hunger plagte, vielleicht heimlich getan, aber die Ahne bat sie so inständig: »Tut's nicht, Kinder! im Bettelbrot ist kein Segen; der liebe Gott läßt euch gewiß nicht Hungers sterben.« Und es war so; zur Zeit der bittersten Not kam auch wieder eine Hilfe. Die Ahne war ein frommes, braves Weib, und recht angesehen im Dorfe. Da kam denn wohl einmal die Frau Schulzin oder die Pfarrmagd und brachten ihr ein Süpplein oder Weißbrot und Wein, oder war gar Taufe in der Nachbarschaft und es kam ein Kännchen Kaffee mit Kuchen; das waren Festtage für die Kinder, mit denen die Ahne jeden Bissen getreulich teilte. Wenn sie dann der Tochter oder dem Schwiegersohn ihr Glück verkündete und von dem Festbissen anbot, sagte er wohl mürrisch: »Behaltet den Bettel! ist ja für eins zu wenig. Da sieht man, was beim Schaffen herauskommt; Ihr habt Euch auch geschunden Euer Leben lang und müßt jetzt an so elenden Bissen um Gottes willen froh sein.« Die Ahne seufzte und betete im stillen; sie hatte lange die Hoffnung aufgegeben, es anders zu machen. Ein schlimmer Mann war Fellreich nicht, er meinte es auch nicht so böse; er gab der Ahne kein rauhes Wort, die ohnehin seufzte, daß sie nur eine Last im Hause sei; er machte es auch nicht wie andere, die den verdienten Groschen vertrinken und Weib und Kinder mißhandeln: aber er und sein Weib ließen den Groll und Unmut, daß sie nicht reich waren, sich festnagen an ihren Herzen, und das sind böse Gäste. Liebe, Freude, Friede, Geduld fliehen vor ihnen, und über solchen Herzen und Häusern geht die Sonne nie auf.

Zum Kirchgehen gab's keine Zeit in Fellreichs Hause, wie oft auch die Ahne leise und laut mahnen mochte. »Heut will ich auch wissen, daß ich ein Mensch bin,« brummte er.

»Du solltest heute wissen, daß du noch mehr bist als ein Mensch: ein Kind Gottes,« sagte die Ahne.

»Bah, mein Vater hat sich noch nie viel um mich geschoren! Ihr seid ja in die Kirche gegangen von klein auf; hab' nicht gesehen, daß es Euch viel genützt hat.«

»Gott hat mich darum nicht verlassen,« sagte die Ahne mit Tränen; »er hat mir viel Trost und Frieden gegeben und eine selige Hoffnung dazu.«

Aber ihre Worte verhallten in den Wind. Die Frau hatte noch weniger Zeit zum Kirchengehen; die meinte, sie wäre ein liederliches Weib, wenn sie nicht heut nach ihren eigenen Sachen sähe, nachdem sie sich die Woche lang für andere geplagt hatte. So kam kein Sonntag ins Haus und in die Herzen; nur die Ahne betete mit Lenchen, dem älteren Mädchen, und zeigte ihr schöne Bilder in Arndts wahrem Christentum.

Fellreichs setzten einen Stolz darein, für ehrliche Leute zu gelten; kein Stückchen Wäsche, keine Rübe von des Nachbars Acker durfte veruntreut werden; aber Holz von verbotenen Orten im Wald zu holen, darüber machte sich der Mann keine Skrupel. Wurde er dann einmal mit einer solch verbotenen Bürde abgefaßt und kam in Strafe, so fluchte und schimpfte er wochenlang, daß man armen Leuten nicht einmal den Stecken Holz mehr gönne, und der Wald sei doch groß und dicht genug; da würde man's nicht spüren, wenn er den ganzen Winter sein Holz holte.

In dieser trüben, schweren Luft wuchsen die Kinder auf. – Lenchen und das kleine Bärbele waren die Pfleglinge der Ahne; die hütete das kleine auf dem Bett, betete mit dem großen und hielt so doch ein Plätzchen offen in dem Herzen des Kindes.

Jakob, der Bube, war des Vaters getreuer Sohn. Er half, wo er konnte, auf dem Feld, war auch nicht dumm in der Schule; aber da er nie ein freundliches Wort bei der Arbeit hörte, nie ein kleines Lob erhielt, wenn er seine Sache brav gemacht, so war keine Freude dabei, und er sah die Arbeit an als einen Fluch, welchen Gott den Armen auferlegt. Wenn der Vater mit ihm auf dem Acker war und sie sahen Kutschen vorbeifahren, oder wenn ein Spaziergänger ihn freundlich grüßte mit dem Bemerken: »Ist schön Wetter heute,« so lachte er ingrimmig und schüttelte oft die Faust nach ihm. »Ja freilich, schön Wetter zum Spazierengehen; ihr wißt's, was das heißt, wenn einem die Sonne auf den Leib brennt und alle Knochen weh tun! Ja, schön Wetter!«

Und Jakob wußte dann auch wieder, wie heute der Schulmeister ihn geschlagen und des Schultheißen Buben nicht, der doch weniger wisse; und wie des Schmieds Bube Würste aus dem Sack gegessen hätte und er kein trocken Brot gehabt, und die Mutter habe bei der Nachbarin diesen Morgen Küchlein gerochen: so saugten sie zusammen Gift aus allem und verbitterten sich ihr karges Mittagsmahl mit Neid und Ungenügen.

Erzählte dann Lenchen etwas, was ihr die Ahne gesagt von armen, frommen Leuten, denen es doch gut gegangen; oder wie der Herr Pfarrer zur Genügsamkeit ermahnt, so sagte der Vater wieder mit rohem Lachen: »Ja, der Herr Pfarrer, der hat gut reden! der sitzt mit seiner Frau in der Laubenhütte und trinkt Kaffee, wenn wir ins Feld müssen. Der hat einen gemästeten Ochsen mit Liebe, da kann man schon zufrieden sein.«

Daß der Pfarrer mit Mühe und Entbehrung die Kosten zu seiner Kinder Erziehung aufbrachte; daß seine Frau sich oft das Nötige absparte, nur um da und dort einen Kranken und Hungrigen erquicken zu können: das wußten sie nicht und hätten es nicht geglaubt, wenn man es ihnen gesagt hätte.

Nun hatte Andres, Jakobs Vater, schon gar manches Jahr gebrummt und gemurrt, ohne daß er eben deshalb daran gedacht hätte, seinen beneideten Mitmenschen Böses zuzufügen. Obgleich er ohne Gebet und Kirche in den Tag hineinlebte, hatte er doch eine Art von Glauben, an den er sich hier und da hielt, nämlich den: daß Gott am Ende der Tage kommen und alle Reichen schlechtweg ins höllische Feuer werfen, die Armen auf schneeweißen Pferden in den Himmel reiten lassen werde. Weil das aber ein falscher und törichter Glaube war, der aus einem gottlosen Herzen kam, so hatte er trotz dieser glänzenden Aussicht doch keinen Trost und keine Freude dabei.

Jakob aber, so jung er war, wollte sein Teil schon auf dieser Welt und dachte Tag und Nacht daran, wie er's denn angreifen könnte, um einmal reich zu werden; es wäre ihm keine gar große Sünde vorgekommen, die reichen Leute totzuschlagen und ihre Häuser und ihr Geld zu nehmen, wenn er nur nicht gefürchtet hätte, vorher selbst totgeschlagen zu werden. Ein Kind kann seinen Sinn nicht verbergen; so hieß Jakob denn bald in der Schule der »Jakoble, der reich werden will«, und oft wandte sie zum Spott den altbekannten Kinderreim auf ihn an:

> Jokele will Bira schütteln,
> d' Bira wollet net falla –«<

was viel Geheul und blutige Köpfe nach sich zog; trug dann Jakob, der zuerst geschlagen, bei der Rauferei auch etwas davon, so hielt man es daheim wieder für pure Bosheit der Reichen gegen die Armen.

Lenchen führte ein harmloses Leben, da sie immer mehr bei der Ahne und dem Schwesterlein als bei den Eltern war. Sie suchte im Frühling Veilchen, im Sommer Erdbeeren zum Verkauf, und wenn sie auf der schönen grünen Wiese die holdseligen Blümlein fand, oder an einem hellen Abend mit ihrem Erdbeerkörbchen und ihren paar erlösten Kreuzern heimwärts ging und eine gute Frau ihr noch ein Stückchen Brot obendrein geschenkt: da meinte sie oft, die Welt könne nicht so gar bös sein, und es sei doch gewiß wahr, was die Ahne sage, daß der liebe Gott auch an sie denke. – Aber sie wäre gar nicht so keck gewesen, so etwas daheim nur zu sagen.

Das Gewitter.

Es war Sommer, und ein recht harter und schwerer Sommer für die armen Leute. Die Ernte war im vergangenen Jahr kärglich ausgefallen; in diesem Jahr hatte sie sich verspätet, alle Vorräte waren aufgezehrt, und eine Not, groß und bitter, wie seit langen Jahren nicht, war über das Land hereingebrochen. Auch in des Andres Hütte ging es kümmerlicher und härter zu als je, das Mehl war längst zu Ende, die Kuh hatte verkauft werden müssen, an Frühstück und Abendessen war nicht zu denken, eine elende Kleiensuppe war oft die Mahlzeit des ganzen Tags. Im Frühling war die Ahne gestorben, und es war, als ob mit ihr vollends der Segen aus der Hütte gewichen sei. Hier und da kam freilich eine besondere Unterstützung an Mehl oder Brot, und sie hatten wieder einen guten Tag in der Hütte; aber sie empfingen es ohne Dank und genossen es ohne Segen. Lenchen allein betete ganz leise in der Nacht:»Lieber Gott, nimm uns doch alle in den Himmel! wenn du aber meinst, daß wir da bleiben sollen, ist's auch recht; aber dann laß uns nicht Hunger sterben!«

Die Ernte wurde von vielen tausend Herzen mit Jubel begrüßt, nur Andres kam wieder ganz wild nach Haus.»Jetzt hätten wir unser Stücklein Gerste schneiden können; muß aber dem Herrn Adlerwirt vorher helfen, natürlich, daß der seins gewiß trocken heimbringt; ich kann dann sehen, wie's mit dem meinen wird.«

»Tu's eben,« sagte das Weib,»sonst läßt dich der hochmütige Tropf nichts mehr verdienen; arme Leute müssen sich nun einmal alles gefallen lassen!«

»Aber, Mutter,« meinte Lenchen schüchtern,»wir sind ja froh, wenn der Vater einen Taglohn verdient, und die Adlerwirtin hat uns im Winter einmal Holz geschenkt.«

»Halt 's Maul! Ja, ein paar verfaulte Zaunstecken,« war der Bescheid.

Der Vater ging und hinterließ den Befehl, die Kinder sollten sich hurtig zum Ährenlesen rüsten, das Korn sei gar dürr, da gebe es viel. Sie waren gern bereit, obgleich Andres mit seinem wilden Lachen bemerkt hatte:»Ja, die Bauern holen's im Wagen und ihr im Säckle um den Hals; so ist's recht verteilt!«

Auf den nächstliegenden Äckern war schon gelesen; die Kinder gingen weiter und weiter hinaus, aber die Luft war drückend heiß und am Himmel zogen sich Wolken zusammen. Lenchen band zum Schutz vor der brennenden Sonne ihre Schürze um den Kopf, Jakob hatte die Jacke ausgezogen; eilig fuhren die Garbenwagen nach Hause.»Geht heim, Kinder!« riefen ihnen die forteilenden Schnitter zu.

Lenchen wurde ängstlich; aber Jakob hoffte, auf den schnell verlassenen Feldern gute Ausbeute zu finden und trieb sie weiter.

»Vielleicht ist's heuer das letztemal, daß wir Ähren lesen,« sagte er bedeutsam.

»Warum meinst?« fragte Lenchen.

»Ha, kann sein; wir fahren nächstes Jahr selbst auf den Acker.«

»Ja wie?« fragte das Mädchen ungläubig.

»Na hör',« fing Jakob geheimnisvoll an,»darfst es aber auf der ganzen Welt keinem Menschen sagen –«

»Behüte und bewahre!«

»Ich weiß einen Schatz,« sagte Jakob triumphierend,»den hebe ich in den kommenden Nächten; gib acht, dann können wir in der Kutsche auf den Acker fahren!«

»Ach geh, du hast dich in der Schule wieder einmal anlügen lassen!«

»Nein, nein, das weiß jedermann, daß in dem alten Herrenhaus – «

»Was denkst? auf der grauseligen, alten Brandstatt! Die Ahne hat gesagt, daß das ein verfluchter Platz sei.«»Ist all eins, wenn's nur Geld gibt. Es liegt einmal ein großer Schatz dort und alle Jahr um Bartlamaistig (Bartholomäustag) quillt er aus dem Boden; dann brennt ein Lichtlein dabei, und wer so keck ist, der kann ihn heben.«

»O, da tät ich mich zu Tod fürchten!«

»Wart' nur: vorletzte Nacht, wie ich dem Schulzen Botenlaufen mußte, kam ich spät noch am Herrenhaus vorbei; da sah ich da, wo noch ein Stück vom alten Bau steht, richtig ein Lichtlein; ich steige hinauf, schleiche hin –«

Lenchen sah ihn ängstlich mit großen Augen an. Sie hörten das Grollen des heranziehenden Wetters nicht.

Jakob, dem selbst ein wenig schauderte, fuhr fort: »In der Ecke steht fast noch eine ganze Stube; wie ich hinkomme, sitzt da ein schwarzer Mann –«

»Herr Gott!« schrie Lenchen entsetzt, »das wird der Teufel gewesen sein.«

»Kann sein, der wird den Schatz hüten,« sagte Jakob wieder beherzter, »war's ja doch schon Nacht. Und ich bin so dumm gewesen und davongesprungen; aber ich geh' doch wieder hin. Wenn man nur Geld kriegt, da braucht man sich um Gott und Teufel weiter nicht zu scheren.«

Da fuhr jählings ein gewaltiger Blitzstrahl unfern der beiden Kinder in die Erde. Ein furchtbarer Schauer durchfuhr Jakob; zitternd und bebend klammerte sich Lenchen an ihn an; der Schreck hatte beider Zunge gelähmt, sie fühlten sich in den Gliedern wie zerschlagen, so daß sie nicht fliehen konnten. Endlich sagte Lenchen leise: »Ach, Jakob, du hast dich gräßlich versündigt! das war eine Warnung vom lieben Gott; komm, wir wollen beten!«

Der Knabe, der die ruchlosen Worte, die er schon vom Alten gehört, nachgesprochen hatte ohne viel dabei zu denken, fühlte sich im Innersten erschüttert, und ohne Widerrede wandte er sich mit der Schwester zum Steinkreuz, das mitten auf dem Feld stand und an das ihr Weg sie zufällig geführt hatte, und sprach ihr demütig das »Vaterunser« nach, das sie mit zitternden Lippen betete.

Inzwischen aber brach der Regen los, und die noch immer schreckensmatten Kinder sahen sich vergebens nach einem Obdach um; das Dorf war fern, kein Heuschober und keine Hütte weit und breit, kein Mensch auf dem Feld; so kauerten sie sich denn an dem Kreuze zusammen und schützten sich so gut sie konnten mit ihren Kleidern. Keines sprach ein Wort.

Der Regen ließ bald nach; sie schickten sich an, aufzustehen und suchten nach ihren Säcklein, die ihnen in der Angst entfallen waren. Da schrie Jakob auf in neuem Schrecken. Über den einsamen Feldweg daher kam ein fremder, dunkelgekleideter Herr, und Jakob sagte bebend zu Lenchen: »Du, das ist der schwarze Mann!«

Diesmal war Lenchen beherzter; sie konnte an dem fremden Herrn nichts so Grausiges finden, obgleich es selten war, daß jemand dieses Wegs kam.

»Was macht ihr hier, Kinder?« fragte der Fremde verwundert.

»Wir haben Ähren gelesen.«

»Aber wer ließ euch bei solchem Wetter noch auf das Feld gehen?«

»Die Eltern sind so arm,« sagte Lenchen entschuldigend; »es hat uns gerade nichts getan.«

Jakob hatte indes den Fremden mit steigendem Entsetzen betrachtet, der Blitzstrahl hatte all seinen Mut zusammengebrochen. Er zupfte Lenchen am Kleid und sagte ihr halblaut, indem er sie wegziehen wollte: »Der ist's, der Schwarze im alten Herrenhaus!«

Der Fremde, der die Worte gehört hatte, hielt die Kinder sanft zurück: »Halt, halt, Kleiner, ich tue dir nichts! sag' mir, Kind,« wandte er sich wieder an Lenchen, »weißt du, was dies Kreuz zu bedeuten hat?«

»Nicht recht,« sagte diese; »die Ahne sagte, es sei da einer vom Wetter erschlagen worden.«

»Das ist's, das ist's!« rief der Fremde tief ergriffen und kniete bei dem Kreuze nieder; er hielt die reichen, grünen Ranken in der Hand, die das alte Gestein umwuchsen und sagte leise und wehmütig: »Es ist jetzt grün, darfst ruhig schlafen.« Die Kinder sahen erstaunt sein Beginnen.

Er richtete sich auf und fragte Jakob: »Was meintest du vorhin? hast du mich im Herrenhaus gesehen?«

Dem Jakob war die Furcht etwas vergangen, und während sie sich heimwärts wandten, erzählte er und Lenchen, abwechselungsweise von der Armut daheim, von Jakobs rastlosem Verlangen, reich zu werden, das ihn nach der alten Brandstätte getrieben, und wie er dort bei dem Lichte einen schwarzen Mann erblickt, den er für den Bösen gehalten. Und Lenchen, die zu dem ernsten Mann Zutrauen faßte, erzählte sogar von Jakobs gottloser Äußerung und von dem Blitzstrahl, der darauf herniedergefahren.

Der Fremde hörte den Kindern aufmerksam und nachdenklich zu.

»So, du hast schnell reich werden wollen?« sagte er zu Jakob; »du hast mich für den bösen Feind gehalten, und du weißt nicht, welch bösen Feind du im Herzen trägst, in deiner Unzufriedenheit und Geldgier.«

»Du brauchst niemand zu sagen, wo du mich zuerst gesehen,« sagte er nach einer Weile zu Jakob; »ich meine es aber gut mit dir. Morgen vielleicht will ich dir auch eine Geschichte erzählen von einem, der hat reich werden wollen. Jetzt aber, Kinder, macht, daß ihr heimkommt! Da habt ihr etwas; ihr dürft wohl sagen, daß es euch ein Fremder gegeben.«

Ganz voll und wundersam bewegt von den Erlebnissen des heutigen Tages kamen die Kinder heim. Die Mutter hatte große Sorge um sie gehabt. Statt ihnen aber ihre Angst und Liebe zu zeigen, schalt sie sie tüchtig aus, daß sie nicht bälder heimgekommen. Das reiche Geschenk des Fremden versöhnte sie in etwas; doch meinte sie, der müsse sein Geld auch nicht ehrlich verdient haben, daß er einen Taler auf einmal verschenke.

Diese Nacht war es nicht Lenchen allein, die vor dem Einschlafen Gott dankte für seine gnädige Bewahrung. Auch Jakob, dessen starrer Sinn mächtig erschüttert war, suchte seine Verzeihung und sein Erbarmen. Er wußte freilich nicht, was er beten sollte; aber wir wissen, wer ein Herz, das seinen Gott sucht, vertreten kann mit unaussprechlichem Flehen.

Die zwei Brüder

Am folgenden Tag war das Wetter wieder klar, der Vater war schon fort und Mutter und Kinder wollten an ihr Tagewerk gehen: da klopfte es und der Fremde von gestern trat ein, – eine unerhörte Erscheinung in der Hütte. Die Mutter warf eilig einen Haufen schmutziges Gerät in die Ecke und fragte, so höflich sie konnte, was der Herr wolle. – Es fiel ihr ein, es werde derselbe sein, der gestern den Kindern den Taler gegeben hatte.

Er sei ein Fremder, sagte der Herr, der die Absicht habe, sich später vielleicht in hiesiger Gegend anzukaufen. Nun möchte er gern einen Jungen, der in der Markung bekannt sei und ihm die Felder und ihre Grenzen, und besonders die Umgebung der alten Brandstätte zeigen könne; da er wohl wisse, daß auch der Kleine Arbeit versäume, so wolle er gern einen reichlichen Taglohn bezahlen.

Die Mutter meinte zwar im stillen, der hätte auch allein im Feld herumstoffeln können und auf der verwünschten Brandstätte habe gar niemand etwas zu tun; aber den großen Lohn wollte sie nicht zurückweisen. So durfte denn Jakob sein Sonntagswams anziehen und mit dem Herrn gehen. Er hätte heute lieber Ähren gelesen, denn er fürchtete sich in der Stille immer noch gewaltig vor dem Fremden; aber er wagte nicht, es zu sagen. Der Herr hatte jedoch gar nichts Unheimliches. Er fragte Jakob vielerlei über sein Elternhaus, über die Schule, und als sie weiter auf dem Feld waren, setzte er sich mit ihm an einen Rain, zog aus der Reisetasche, die Jakob ihm tragen mußte, Brot, Fleisch und Wein und teilte ihm reichlich davon mit. Ein solches Festmahl hatte der hungrige Knabe seines Gedenkens nie gehalten, und nie hatte jemand so freundlich und zutraulich mit ihm gesprochen. Alles Grausen war jetzt verschwunden; er wäre mit ihm bis ans Ende der Welt gegangen.

Der Fremde ließ sich von Jakob die Felder zeigen, und dieser konnte ihm gut Bescheid geben über ihren Ertrag, den Wert und die Besitzer. Doch hielt er sich auf der Seite, wo die Ernte schon vorüber war. Endlich kamen sie an die Stätte, wo die Reste des Herrenhauses standen. Inmitten einer sonst fast ganz angebauten und fruchtbaren Gegend ragte der kahle Hügel empor, auf dem nur noch die

Grundmauern, die Fensteröffnungen des unteren Stocks, und in einer Ecke ein größerer Teil des ehemaligen Gebäudes standen.

»Weißt du, was hier geschehen ist?« fragte der Fremde, indem er sich mit dem Knaben auf die Schwelle des zerstörten Hauses setzte.

»Die Ahne hat gesagt, es hab's einer selber angezündet und man wisse nicht recht, wie's zugegangen. Seither geht's geistweis (spukt's) da, und wie einer hat bauen wollen, ist der erste Zimmermann von einem alten Balken totgeschlagen worden; jetzt geht keiner mehr hin.«

»Hör' mir zu!« begann der Herr, »ich will dir erzählen, wie das alles gekommen ist. Es sind jetzt bald achtzig Jahre, daß hier noch ein schönes, stattliches Haus gestanden ist, so schön, wie man weit im Lande keines sieht. Der Wald dort oben und alle die Wiesen und Felder, so weit man sieht, haben dem Besitzer des Hauses gehört. Der es erbaut hat, ist ein reicher Bauer gewesen; seine Enkel sind Herren geworden, doch sind sie auf dem Hause geblieben und der Reichtum mit. So lang man denken konnte, war immer nur ein Sohn und Erbe im Haus gewesen und jeder wurde immer reicher als der vorige. Es war eine Fülle und ein Überfluß, als sollte er in Ewigkeit kein Ende nehmen, und es war, als ob der Segen im Schlaf zuwüchse; kein Hagel und kein Gewässer konnte den Reichtum des Besitzers schmälern.

»Da kam denn das Erbe an einen, dem seine Frau zwei Söhne gebar. Gottfried, der ältere, war ein schmächtiges, bleiches Büblein von Geburt an; Wilhelm aber, der jüngere, wuchs frisch und kräftig heran; hellaugig und rotbackig, voll Luft und Leben wurde er der Liebling von Vater und Mutter, Gesinde und Nachbarn. »Was er sah, das wollte er, und was er wollte, das bekam er; es konnte ihm aber niemand feind sein, auch wenn er noch so gewalttätig war. Den Reichtum lernte er, seit er denken konnte, schätzen als das höchste Gut. Gottfried blieb ein stiller Knabe, der gern über den Büchern saß, oder einsam durch Wald und Feld ging; man vergaß fast, daß er nur auf der Welt war.

Wilhelm trieb sich am liebsten in den Ställen und Scheunen um; die Rosse kannten seinen Tritt von weitem; ihm zulieb mußte der Vater das schönste Vieh von weit und breit holen lassen. Er lebte und webte im Besitz, und die altvererbten Dienstboten auf dem Gut nickten einander zu und lachten: ›So ist noch gar keiner dagewesen. Der fragt noch den Herzog: Wie teuer 's Ländle?‹

Man sagt, die Mutter der Söhne sei vor ihrem Tod dem Vater angelegen, das Gut dem Wilhelm zuschreiben zu lassen, der sich soviel besser dafür schicke; aber der konnte sich zu einem solchen Abgehen von Landessitte und Gesetz nicht entschließen, und dachte: Der elende Docht, der Gottfried, der lebt gar nicht so lang, daß er dem Kleinen das Gut wegnehmen könnte!

Der Gottfried lebte aber fort, schmächtig und schwächlich wie er war; zufrieden, daß man ihm die Mittel ließ, zu lernen und zu studieren; denn das war sein Leben.

Der Vater lebte noch, als Gottfried um Erlaubnis bat, eine weite Reise übers Meer antreten zu dürfen. Der Arzt hatte dies als das einzige Mittel angegeben, um seine Gesundheit herzustellen, und ihn selbst zog ein innerer Trieb hinaus. Damals war der Verkehr mit fremden Ländern noch schwer, und übers Meer wurde fast angesehen wie übers Grab.

Gottfried übergab seinem Bruder vor der Abreise noch eine Schrift, in der er ihn zum Verwalter des Gutes einsetzte, wenn der Vater vor seiner Rückkehr stürbe; daß er der alleinige Besitzer sei, wenn Gottfried nicht zurückkam, verstand sich von selbst. Keins von allen glaubte den bleichen Gottfried wiederzusehen, der, so still, harmlos und wohlwollend, ihnen allen doch fremd geblieben war, und die große Summe baren Geldes die er empfing, schien Wilhelm bereits das Kaufgeld, welches ihm das schöne Eigentum sichere. Er hat es freilich nicht gewußt, daß er seines Bruders Tod wünsche; aber das war der Teufel im Herzen, von dem ich dir schon gestern gesagt.

Gottfried war fort. Er hatte einmal aus Italien geschrieben; dann aber war er weitergezogen, verschollen und vergessen. Wilhelm holte sich eine reiche Frau aus dem Elsaß; es war eine Frau, wie sie ein Landwirt braucht, gescheit und umsichtig, und der Besitz war ihr ans Herz gewachsen wie ihm. Er hatte Kinder: einen Knaben, einen munteren Burschen gleich ihm, und Mädchen. Er vergrößerte sein Gut; er baute und pflanzte; der Reichtum floß ihm in Strömen zu, und wenn er auf der Altane seines schönen Hauses stand und seine Felder und Wiesen überschaute und seine rüstigen Rosse und das stattliche Vieh, da schwoll sein Herz, und er hätte mit keinem König getauscht.

»An einem Abend kam ein fremder Mann im Herrenhaus an. Er war mager und sonnengebräunt; niemand kannte ihn, ehe er sich selbst zu erkennen gab: es war der Bruder Gottfried.

»Der Teufel, der einst in Kains Herzen genistet, der wachte auch wieder auf in Wilhelms Brust; aber er wußte es noch nicht und grüßte den Bruder mit freundlichen Worten, und hörte zu, was er Wunderbares und Merkwürdiges von den fernen Landen erzählte, in denen er so lange verweilt.

»›Meine Gesundheit ist wunderbar gestärkt,‹ versicherte der; ›ich habe eine liebe Frau und zwei Söhne, die sind so stark und gesund, wie du als Knabe gewesen bist. Ich bin schneller vorausgereist, weil mich's endlich nach der Heimat verlangt hat; meine Familie kommt in wenigen Tagen nach. Meiner Frau wird's gewiß hier gefallen. Sie ist mir gern gefolgt; sie hat in der Fremde mein Glück begründet, jetzt will ich sie hier glücklich machen.‹

»Und lauter und lauter regte sich der Feind in Wilhelms Herzen und raunte ihm zu: ›Jetzt kommt er, nachdem er lange müßig die Welt durchzogen und nimmt das schöne Erbe in Besitz, und du hast indes geschafft und gesorgt und nun kannst du da bleiben oder davongehen wie ein Knecht.‹ Ich glaube, daß auch seine Frau kein Engel war in diesem Streit; sie war ein starkes und stolzes Weib und hätte sich nicht losreißen können vom Besitze.

»Der Gottfried wird wohl gemerkt haben, daß ein Schatten auf seines Bruders Seele lag; aber es schien ihn nicht zu kümmern, er ging wie immer seine eignen stillen Wege. Es war zur Sommerszeit und ein gesegnetes Erntejahr wie nie. Wilhelm ging hinaus, um die Felder zu besehen, ob er morgen mit der Ernte beginnen könne; in seine alten, schlimmen Gedanken vertieft, schritt er durch die prächtigen Fluren, als ein plötzliches Gewitter losbrach. Er eilte, auf dem nächsten Weg nach Hause zu kommen, und erblickte von fern die hohe, schmale Gestalt des Bruders, der auf einem andern Weg durchs Feld gewandelt war, und nun auch heimeilte.

An der Stelle, wo jetzt das Steinkreuz steht, stand damals ein hoher Baum; bei diesem liefen die Wege der Brüder zusammen. Ehe

Wilhelm ihn noch erreichte, fuhr ein furchtbarer Blitzstrahl dicht an dem Baum herab, unter den sich Gottfried gestellt hatte, und er sah diesen zusammenstürzen. So hatte der böse Wunsch seines Herzens rasche Erfüllung gefunden; er war erschüttert darüber – ob betrübt? das weiß ich nicht. Er trat näher und beugte sich über den erschlagenen Bruder. Da richtete sich dieser, der vom Blitz nur betäubt, nicht getroffen war, langsam wieder auf. Und es war Wilhelm, über dessen Willen der böse Feind Gewalt gewonnen, der den auflebenden Bruder mit beiden Händen an der Kehle packte und drückte, bis dieser wirklich tot zurücksank, den starren Blick der brechenden Augen auf seinen Mörder geheftet!

Man hatte im Herrenhaus den furchtbaren Schlag gehört und vermißte beide Brüder. Die Frau schickte Voten aus; man fand den einen tot, den andern starr, wie versteinert, neben der Leiche. Man fand diese Wirkung des Schreckens so natürlich! – Jedermann nahm an, daß der Blitz den einen erschlagen und den andern betäubt habe. Wilhelm stand noch dabei, als man die Leiche aufhob. Der Chirurg, der herbeigeeilt war und vergebens eine Ader geschlagen hatte, bemerkte die blauen Flecke am Halse und sah mit einem Blick des Grausens und Entsetzens zu ihm auf; der drang ihm in die Seele wie ein Zweischneidiges Schwert.

Der Erbe des reichen Herrenhauses ward mit großer Feierlichkeit begraben; drei Tage nachher kam die junge Witwe, eine schöne schwarzäugige Kreolin, mit zwei frischen Knaben an. Wilhelm blieb stumpf bei ihrem herzzerreißenden Jammer. Als sie ihm aber ein Papier übergab, in welchem der Bruder ihm Haus und Gut förmlich und feierlich als freies Eigentum zuschrieb und nur eine bescheidene Summe für seine Kinder ausbedung, die schon durch die Mutter reich waren: – da stieß er einen durchdringenden Schrei aus und rannte wie wütend durch Garten und Haus. Mit diesem Dokument hatte ihn sein Bruder Gottfried durch die Hand seiner Frau überraschen wollen.

Von dieser Stunde an hat Wilhelm keine Ruhe mehr gefunden bei Tag und bei Nacht. Nur der Gedanke trieb ihn um, er sei verpflichtet, das Besitztum zu vernichten, das er durch Sünde gewonnen. In einer Nacht brach Feuer aus! Das Korn war bereits in den Scheunen, der Sommer heiß und trocken; die Flamme wurde meilenweit gesehen und das Haus war nicht zu retten. Die Kreolin war mit ihren Kindern früher schon in ihre Heimat zurückgekehrt.

»Wilhelm wäre erstickt, wenn ihn nicht seine Frau mit Gewalt hätte heraustragen lassen. Sein einziger Sohn brach das Bein beim Sprung aus einem Fenster und blieb schwächlich von da an. Das war mein Vater. Er verheiratete sich später, starb aber bald nach meiner Geburt.« –

Vertieft in den ganzen grauenvollen Gang dieser Geschichte hatte der Fremde längst vergessen, zu wem er sprach. Aber er hatte einen atemlos aufmerksamen Zuhörer an dem kleinen Jakob gehabt; die furchtbare Wahrheit, die dieses Verbrechen predigte, war ihm durch die innerste Seele gedrungen. Und wie er nun hörte, daß hier ein Glied jenes unseligen Geschlechts leibhaftig vor ihm stand, fühlte er sich noch viel tiefer erschüttert und betrachtete den Fremden, der mit einem so ungeheuren Geschick zusammenhing, mit einer Mischung von Grauen und Ehrfurcht.

»Die Großmutter war ein starkes Weib,« fuhr dieser mit trübem Angesicht fort; »sie sah, daß es am besten war, ihren Mann weit wegzubringen, der wieder und wieder bei Nacht auf die Brandstätte zurückkehrte. Sie ging mit ihm und den Kindern ins Elsaß zurück. Das Gut wollte niemand kaufen, da viel Gerüchte über verübte Untaten umliefen und keiner den Wiederaufbau des Hauses wagen wollte: so ließ sie die Güter einzeln verkaufen und löste genug, um sich und ihre Kinder reich zu machen. Sie verwaltete mit geschickter Hand alle Angelegenheiten; sie vermittelte später die Heirat des Sohnes, der seit dem Brand nimmer gesund war. Sie erhielt und vermehrte den Wohlstand; aber es war ein freude- und segensloser Reichtum, es ist keinem wohl dabei geworden.

»Wilhelm, mein Großvater, lebte hin in stumpfem Trübsinn; so lang ich mir ihn denken kann, schien er mir ein uralter Greis. Später ist er noch einmal in seine alte Heimat zurückgekehrt. Er hatte in jungen Jahren eine Sage gelesen von einem Mörder, der ein dürres Reis mit sich getragen, aus dem Blätter und Blüten wuchsen, als er Gnade und Vergebung bei Gott gefunden. Nun hatten sie auf der Stelle, wo sein Bruder gestorben, ein steinernes Kreuz gesetzt; an diesem Kreuz hat er einen Efeuzweig eingepflanzt, und er glaubt jetzt noch, wenn dieser Efeu wachsen und grünen würde, so wäre es ein Zeichen, daß ihm Gott und sein Bruder verziehen hätten; aber er ist zu kraftlos, um selbst wieder hierher zu reisen und wagte nie, sein dunkles Geheimnis jemand zu offenbaren.

»Seine Frau hielt seinen kranken Geist mit der Übermacht ihres scharfen Verstandes gefangen und hütete ihn vor jedem Wort, das ihn hätte verraten können.

»Ich hatte den stillen Sinn, die Liebe zum Wissen und die Freude an Reisen von Großonkel Gottfried geerbt, und der Großvater schien einen besondern Zug zu mir zu fühlen.

»Vor wenigen Monden ist die Großmutter gestorben und damit schien ein Bann von seiner Seele genommen. Er hat mir seine schuldbeladene Seele ausgeschüttet und mich gebeten, noch einmal zu diesen Stellen zurückzukehren und zu sehen, ob sein Efeu verdorrt sei. Ich reiste hierher und habe kürzlich nachts noch die Brandstätte besucht, wo du mich gesehen hast. Das Steinkreuz konnte ich lange nicht finden, da ich niemand fragen wollte. Es ist mir wunderbar, daß ich es gesehen im Leuchten des Blitzes, und bedeutsam, daß ich euch arme Kinder dabei finden mußte. Und der grüne Efeu ist gewachsen und hält das Kreuz umschlungen.«

Er versank in Gedanken, bis er auffuhr und den Knaben bemerkte. »Ich habe dir nicht so lang erzählen wollen, mein Junge,« sagte er mit ernstem Lächeln; »ich habe mir selbst mit erzählt. Jetzt gehe ich heim und bringe dem alten Großvater den grünen Zweig; ich werde ihn Wohl bald auf seine Bahre legen dürfen. Aber weißt du, warum ich dir das alles erzählt?« fragte er plötzlich Jakob, indem er ihn fest ansah.

»Ja, Herr,« sagte dieser mit leiser Stimme.

»Weißt du jetzt, wohin es führt, wenn man seinen Bruder beneidet und sein Herz auf Reichtum setzt?«

»Ja, Herr,« sprach Jakob demütig.

»Du kommst wieder heim in ein Haus voll Murren und Unfrieden; kannst du beten, wenn sich der Feind wieder in deinem Herzen regen will?«

»Ich weiß nicht,« sprach traurig der Knabe.

»Bet' einmal, was du kannst!«

»Unser Vater, der du bist in dem Himmel!« hub Jakob an.

»O, sag' das von Herzen! das ist allein schon genug,« sagte der Fremde bewegt. »Weißt du, was das sagen will, und wirst du noch murren über dein kümmerliches Brot, wenn du weißt, daß du einen reichen Vater im Himmel hast, der dir ganz gewiß gibt, was dir gut ist zur rechten Stunde?«

»Geheiliget werde dein Name!« fuhr der Knabe fort, etwas zuversichtlicher, daß er doch das wisse.

»Daran denk, wenn du wieder im Spott oder Ernst ruchlose Worte hörst, die den heiligen Namen lästern!«

Der Knabe nickte ihm zu, er gedachte seines Frevels von gestern.

»Dein Wille geschehe auf Erden, wie im Himmel!«

»Willst du auch das von Herzen beten,« sagte der Fremde, »und denken, daß alles gut werden wird auf der Erde und schön, wenn des Herrn Wille allein geschieht von uns allen?«

Und der Knabe betete weiter: »Unser täglich Brot gib uns heute!« und er dachte, wie oft sie nicht gebetet um ihr Brot, und wie oft es ihnen doch wieder geworden sei, und es ward ihm nimmer so bange vor späteren Hungertagen.

»Vergib uns unsre Schulden, wie wir vergeben unsern Schuldigern!«

Da sprach der Fremde ein brünstiges Gebet um Vergebung und um ein ruhiges Sterbestündlein für den Brudermörder; um Vergebung für den Knaben, der nicht gewußt, was er tat in seinem frevelhaften Trachten nach Reichtum, für seine armen Eltern, für alle.

»Und führe uns nicht in Versuchung!« betete Jakob selbst aus tiefstem Herzen.

Und der Fremde sprach des Schlußgebet und ließ in die Seele des armen Kindes, soweit sie fähig war, ihn zu fassen, einen Lichtstrahl von der Hoffnung der Ewigkeit fallen.

»Siehst du, Knabe,« schloß er, »hier ist dein Lohn,« und er gab ihm ein gar reiches Geschenk. »Wenn ich den alten Großvater begraben habe, so komme ich wieder; dann will ich mit Gottes Hilfe den Fluch lösen von der Stätte des Brudermords. Deine Seele habe ich eingesenkt, als ein Zweiglein am Fuß des Kreuzes; gebe Gott, daß es anwachse! Behüt' dich Gott, mein Junge, vergiß die Geschichte nicht!«

Und nun warf er seine Reisetasche um und schritt abwärts vom Dorf dem Wäldchen zu, das über dem Hügel lag.

Ende.

Jakob hat jenen Blitzstrahl und den Tag auf der Brandstätte nicht vergessen; inmitten alles Haders und Unfriedens keimte in den armen Kindern verborgen der Same eines besseren Lebens, und die Ahnung davon bewegte je und je selbst die harten Herzen der Eltern.

Es war Frühling, als im Dorfe die Kunde erscholl, ein steinreicher Fremder habe die Brandstätte und die umliegenden Güter gekauft und werde ein Schloß darauf bauen. Man prophezeite ihm alles Unheil, und er war zuerst genötigt, fremde Arbeitsleute kommen zu lassen. Jakob war der erste Handlanger, und bald schritt der neue Bau rasch und fröhlich vorwärts ohne den geringsten Unfall.

Der Fremde nannte sich Bertram nach seiner Mutter Namen, und seine Leutseligkeit und ernste Güte hatten bald alle Herzen gewonnen. Niemand konnte erraten, zu was der Bau dienen sollte; es war kein Schloß, kein Landhaus, ein rechtes tüchtiges Bauernhaus, nur viel zweckmäßiger eingeteilt. Er baute Ställe und Scheunen, kaufte Äcker und Wiesen, guten und schlechten Boden.

Endlich war das Haus erbaut, bei dem viele arme, fleißige Hände reichlich Brot gewonnen hatten; denn der Bauherr war nicht karg und marktete mit keinem um wohlverdienten Lohn.

Kein Balken brach, kein Stein fiel ungeschickt, die hellen Fenster blinkten ins Land hinaus. Wen würde Bertram einführen? Das Haus war viel zu groß, das herbeigeführte Geräte zu viel für ein gewöhnliches Wohnhaus, und niemand wußte, daß der Bertram Weib oder Kinder hätte. Da führte er eines hellen Morgens die Bewohner ein in das neue Haus: – arme Kinder waren es, von der Nähe und Ferne, verwaiste, verlassene und versäumte, die er im stillen gesucht während der Zeit des Baus, und die er hier in frischer, gesunder Luft, in kräftiger, wohltätiger Arbeit, in Gehorsam und Gebet heranziehen wollte für ein neues, besseres Leben. So dachte er die alte Schuld zu sühnen.

Jakob, welcher der fleißigste Handlanger bei dem Bau gewesen war, wurde der erste Mitbewohner des neuen Hauses, und so jung er war, doch bald ein treuer Gehilfe seines Pflegevaters, dem er mit Leib und Seele ergeben blieb.

Obgleich Bertram für die geleistete Hilfe des Sohnes den Vater reichlich entschädigte, so hatte dieser doch genug zu schimpfen über fremdes Pack, das einem noch die eignen Kinder wegnehme.

Lenchen hat bei den Eltern ausgehalten und das Bärbele erzogen; ein Kind des Friedens unter viel Streit und Unfrieden, bis sie einst als brave Hausmutter ihren eigenen Kindern eine bessere Heimat bereiten konnte, als die ihrige war. Von Spuk hat man in dem neuen Hause nichts mehr vernommen. Wenn die kleinen Gartenmägdlein und Ackerknechte recht müde heimkehrten von ihrem Tagewerk, so schliefen sie auch so fest und gesund, daß sie wenig hätten hören und sehen können von gespenstischem Treiben.

Der alte Großvater schläft in seinem fernen Grabe und der Efeuzweig schlingt sich um die Trauerweide auf seinem Hügel. An dem Steinkreuz hat Lenchen noch einen Rosenstock gepflanzt; der steht jeden Frühling in hellen Blüten, eine stille Predigt von Liebe und Frieden.

Bertram hat freilich sein Leben etwas anders beschlossen, als er sich in jungen Jahren gedacht, wo Wissensdurst und Reiselust ihn in die weite Welt getrieben. Er fand sein Werk oft viel schwerer durchzuführen, als er es unternommen, und nicht alle Zweige, die er an dem Kreuze eingesenkt, sind angewachsen. Aber er wollte eigne Verleugnung und Hingabe nicht scheuen, um die schwere Schuld seines Hauses zu sühnen. Ein Weib hat er nicht heimgeführt; er wollte das Geschlecht nicht fortsetzen, auf dem der Fluch des Brudermordes lag, sondern sein ganzes Herz und Leben den armen Kindern weihen, die er angenommen.

Über tredition

Eigenes Buch veröffentlichen

tredition wurde 2006 in Hamburg gegründet und hat seither mehrere tausend Buchtitel veröffentlicht. Autoren veröffentlichen in wenigen leichten Schritten gedruckte Bücher, e-Books und audio-Books. tredition hat das Ziel, die beste und fairste Veröffentlichungsmöglichkeit für Autoren zu bieten.

tredition wurde mit der Erkenntnis gegründet, dass nur etwa jedes 200. bei Verlagen eingereichte Manuskript veröffentlicht wird. Dabei hat jedes Buch seinen Markt, also seine Leser. tredition sorgt dafür, dass für jedes Buch die Leserschaft auch erreicht wird.

Im einzigartigen Literatur-Netzwerk von tredition bieten zahlreiche Literatur-Partner (das sind Lektoren, Übersetzer, Hörbuchsprecher und Illustratoren) ihre Dienstleistung an, um Manuskripte zu verbessern oder die Vielfalt zu erhöhen. Autoren vereinbaren direkt mit den Literatur-Partnern die Konditionen ihrer Zusammenarbeit und partizipieren gemeinsam am Erfolg des Buches.

Das gesamte Verlagsprogramm von tredition ist bei allen stationären Buchhandlungen und Online-Buchhändlern wie z. B. Amazon erhältlich. e-Books stehen bei den führenden Online-Portalen (z. B. iBookstore von Apple oder Kindle von Amazon) zum Verkauf.

Einfach leicht ein Buch veröffentlichen: **www.tredition.de**

Eigene Buchreihe oder eigenen Verlag gründen

Seit 2009 bietet tredition sein Verlagskonzept auch als sogenanntes "White-Label" an. Das bedeutet, dass andere Unternehmen, Institutionen und Personen risikofrei und unkompliziert selbst zum Herausgeber von Büchern und Buchreihen unter eigener Marke werden können. tredition übernimmt dabei das komplette Herstellungs- und Distributionsrisiko.

Zahlreiche Zeitschriften-, Zeitungs- und Buchverlage, Universitäten, Forschungseinrichtungen u.v.m. nutzen diese Dienstleistung von tredition, um unter eigener Marke ohne Risiko Bücher zu verlegen.

Alle Informationen im Internet: **www.tredition.de/fuer-verlage**

tredition wurde mit mehreren Innovationspreisen ausgezeichnet, u. a. mit dem Webfuture Award und dem Innovationspreis der Buch Digitale.

tredition ist Mitglied im Börsenverein des Deutschen Buchhandels.

Dieses Werk elektronisch lesen

Dieses Werk ist Teil der Gutenberg-DE Edition DVD. Diese enthält das komplette Archiv des Projekt Gutenberg-DE. Die DVD ist im Internet erhältlich auf **http://gutenbergshop.abc.de**

Zeitfracht Medien GmbH
Ferdinand-Jühlke-Straße 7
99095 Erfurt, Deutschland
produktsicherheit@kolibri360.de